낯선 당신 가까이로

낯선 당신 가까이로

김기연 에세이

그책

사진을 찍을 때

한쪽 눈을 감는 이유는

마음의 눈을 뜨기 위해서고,

찰나에 전부를 거는 것은

사진의 발견이 곧

나의 발견이기 때문이다.

앙리 카르티에 브레송

Henri Cartier-Bresson
1908 ~ 2004

작
가
의

말。

야릇합니다. 눈길과 마음이 이끄는 대로 찍었을 뿐인데
사진마다 생각, 취향, 관심, 사물, 공간, 기억 들이
어른거리니까요. 마치 낯선 당신 앞에 선 피사체라도 된 듯
묘한 감정들이 교차합니다.

사진은 뱉지 못한 말, 드러내지 못한 행동입니다. 사각
프레임에 갇힌 소리 없는 말과 움직임 없는 몸짓은 낯선
당신이 응시하는 순간, 들리고 보이게 됩니다.

여기에 실린 사진과 단상들이 온전한 말과 몸짓으로 낯선
당신에게 다가가길 고대합니다. 충분히 가까워지지 않고서는
그 누구도 자신을 온전히 보여줄 방법이 없을 테니까요. 미처
모르던 나, 알고 있지만 무심하게 방치했던 나, 익숙해서
지루하기만 했던 나로 북적거리는 이 책이 한 사람만의
이야기가 아닌 당신과 우리 모두의 이야기일지도 모른다는
환상을 품고 있습니다.

여전히 당신은 내게 낯설고, 당신 자신에게도 낯섭니다. 그
낯선 당신을 익숙하게 만들고 싶지는 않습니다. 있는 그대로의
모습을 지긋이 바라봐주기만 해도 그만입니다. 고마워요, 낯선
당신. 낯설지 않다면 바라보지도 않았을 당신께.

김기연

낯선 당신。

새하얀 웨딩드레스를 입은 신부가 나타나자
익숙한 공간이 낭만적으로 바뀝니다.
에펠탑을 보고도 시큰둥한 마음이 그제야 설렙니다.

그러나 여전히 무언가 아쉽습니다.

이때 풍경 사이로 당신이 등장합니다.
카메라 앞을 스쳐 지나가는 두 사람.

호기심에 찬 야릇한 시선이 사진에 힘을 보태주네요.
프레임에 낯선 힘이 더해지면 평범한 표정마저 인상적으로
변합니다.

낯선 눈빛이 필요해요.
삶도 마찬가지고요.

"Thanks, Strangers!"

눈
빛
。

사내는 돌덩어리라도
여자에게 관심을 보입니다.

틀림없습니다.

그렇지 않은 사내들에 대해서는 할 말이 없습니다.
인간적이지 않은 이들에게 제 입은 무거운 편이거든요.

손
의
말
。

이상하죠.

누군가의 손을 보고 있으면
그 손이 말을 걸어요.

누군가의 손은
그이의 입이기도 하죠.

달싹거리는 손가락,
어쩔 줄 몰라 헛도는 손짓,
그리고 깊이 가라앉는 침묵.

진짜 말을 듣고 싶을 땐
손에 귀를 기울여요.
거짓 없는 손의 말을 들어요.

서
성
이
다
。

계절이 깊어지자
당신 몸이 드러납니다.

포옹할 애인을 찾는 듯
허공을 들추는 가녀린 팔과 손.

안아야 할 대상이 곁에 없어서
제 몸을 외롭게 밟고 일어서야 하는 당신.

그럼에도,
구불구불 느릿느릿 우회 노선으로 가는 당신은
생의 마디마디를 살피며 사랑하는 여행자로군요.

굽고 도는 그 길목마다
서성이는 누군가를 만나려는 듯.

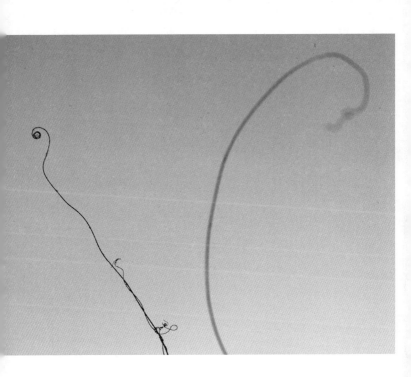

때로는 무의식이 셔터를 누르게 합니다.
그땐 생각보다 감정이 훨씬 빠르지요.

가끔은 사진을 찍는 게 아니라
보이지 않는 세계가 쳐놓은
그물에 걸려드는 기분입니다.

포착하는 게 아니라
포획당하는 겁니다.

마치 사랑에 빠지는 순간과 같아요.
각자의 깊은 곳에 사랑이 잉태되어 있다가
찰나에 사로잡히듯 실현되는 것이지요.

다 익은 것들 사이에
덜 익은 푸른 한 알이 있더군요.

홀로인 것을 바라봅니다. 외로울까, 서러울까?

익은 포도를 몇 알 먹다가
푸른 걸 따서 입 안에 넣고 씹었어요.
시큼하고 떫습니다.

말하지 못할 시큼털털한 사연 하나쯤
누구에게나 있으리라는 걸 눈치챕니다.

나는 어쩐 일인지 아직도 당신에게
미안하다, 사랑한다는 말 한마디
못 하고 있네요.

본
체
만
체
。

당신에게 다가갑니다.
동그란 눈으로 나를 보고도
아무런 내색을 않는군요.

어째서 본체만체하는 건가요.

무심한 당신 앞에 쪼그려 앉아 생각해 보니
보이지 않아서가 아니라 관심이 없어서이지 싶더군요.
나였어도 건너갈 수 없는 세계에
애먼 눈길이나 줬겠어요.

머나먼 것은
보이지 않을뿐더러
관심도 일지 않는 법이니까요.

속
내.

사과를 반으로 갈랐습니다.

내밀하고 촉촉한 속.

그 예민한 중심을 생의 척추가
가로지르고 있었어요.

칼로 가르지 않았다면 사과가 단단한 중심으로로부터
제 몸집을 불려나갔다는 걸 보지 못했겠지요.

속을 본다는 건,
심지를 읽는다는 건 만만찮습니다.
특히, 사람 속이 그렇습니다.
가를 수도 보여달라고 할 수도 없으니까요.

이
방
인
。

어느새 달려와 그의 주변을 배회하는 당신.

그가 면전에 대고 희롱하다가 선심 쓰듯 던져도
미워하기는커녕 연신 굽신거립니다. 지켜보는 이에게는
한심한 짓으로 비칠 수 있지만 당신은 그를 미워할 수
없겠지요.

애원과 희롱의 장면 앞에서 깨닫고 맙니다.

당신을 매혹시킬 단 한 가지도 없다면
나는 영원히 이방인으로
곁을 맴돌 뿐이란 걸요.

어렴풋한 당신이 좋아요.

손끝에 닿아도 만질 수 없는 당신으로 하여
쉽게 잡히는 것들이 따분하기만 해요.

있는 듯 없고, 없는 듯 있는 당신이
다정하게 손 잡아주면 이토록 지루한 삶에도
매혹적인 별일이 깃들까요?

당신과 나란히 누워 있어도 실루엣만 볼 수 있고
안지 못한다면 그 또한 아쉬움이 가득한 밤이 될 거예요.
손에 만져지는 실체가 있는 몸은, 그러므로 시시하고도
위대하지요.

어
둠
속
에
서
。

어둠 속에선 아무것도 보이지 않아요.

오로지 당신의 기척만이 들려요.
사라지지 않고 거기 있구나, 안도해요.

쏟아지는 빛의 한가운데 서 있을 때보다
더 예민하게 당신을 느껴요.
작고 사소한 몸짓,
의미를 알 수 없는 소리,
나를 바라보는 눈빛까지.

불이 켜지자 모든 것이
황급히 숨어버렸습니다.

다
정
한　호
칭
。

거울에 비친 저들이 낯선 만큼
저들에게 나 또한 그렇겠지요.

타인의 생각과 몸짓은 곧
나를 비추는 거울.

하나같이 다르고,
다르면서 하나같아서
변방 사람인 '타인'이었다가
친근한 '우리'로 불리기도 하죠.

내 이름 뒤에 '씨'를 붙여 어색하게 부르던 당신이
어느 날인가부터 다정한 호칭으로 나를 불렀습니다.

한때는 나를 진저리 치며 싫어했던
바로 당신이 말이지요.

연극적 환상.

강변에 선 남녀가 내보이는 몸짓은 연극적입니다.
둘 사이의 작은 몸짓이나 시선은 무엇 하나 사소하지 않아요.
하지만 배우들은 사랑이 급하게 전개되지 않도록
감정을 애써 감춥니다.

그럼에도 속마음을 몸짓으로 고백하는 건
저들도 숨길 도리가 없을 테지요.
관객의 오해일 수도 있겠지만요.

44

스
미
다
。

눈이

내리고,
쌓이고,
녹고,
스밉니다.

평범한 듯 위대한 여정입니다.

한 송이씩 가벼이 오지만 무겁게 쌓입니다.
무거워지고 깊어져야 저를 무너뜨리고 버릴 수 있겠지요.
다른 이의 깊은 안쪽으로 몰래 들어가려면 말입니다.

거부할 새도 없이 다가와
내게 스몄던 당신도 이랬던가요?

당
신
만
이
。

다른 존재가 다가오거나 들어오면
공간은 거부하지 않고 제 품에 안아줍니다.

그렇다고 언제나 희열에 찬 포옹은 아닙니다.

대상에 따라 공간은 변신하지요.
다가오거나 들어온 대상만이 공간을 기존과 다른 세계로
탈바꿈시킬 수 있으니까요.

사람도 그렇습니다.
어떤 한 사람만이 다른 한 사람을
완전히 변신시킬 수 있습니다.

새로운 사람,
전부인 사람으로.

지금이라는 시간.

아일랜드 서쪽 끝 도시인 골웨이Golway를 걷고 있었죠.
황무지 위로 부는 바람을 닮은 탁하고 목쉰
노랫소리가 들려옵니다.

버스커 앞에 앉아 개에게 빵을 주던 노년의 사내가 나를
봅니다. 변덕스럽지 않은 오랜 세월이 담긴 너그럽고 선한
눈빛으로요. 그 따스한 기운에 가슴이 뭉클해집니다. 멀고
낯선 도시로 이끈 삶에 감사하며, 나는 낯선 당신의 삶을
궁금해합니다. 여행자가 아니었다면 궁금해하지 않았을 것을.

버스커가 부르던 노래는 아일랜드 가수
루카 블룸Luka Bloom이 부른 'Come at a Better Time'이었어요.
더 좋은 시간이란 대체 어떤 시간일까요?
이미 지나버린 시간도 아니고, 아직 오지 않은 시간도 아닌
당신과 함께 있는 이 시간만이 더없이 좋은 시간이겠지요.

이미와 아직 사이에 마주하고 있는 지금의 당신과 나.

마
음
의 언
어
。

토요일 저녁,
레스토랑으로 커플이 들어섭니다.

예약석에 앉아 꼼꼼히 메뉴를 살피고
와인과 요리를 주문하는 그들에게서
서로를 향한 존중과 배려가 느껴졌어요.

사랑이란 그런 것이겠지요, 나보다 너의 관점이 작동하는.

사진을 찍는다는 건
피사체가 몸짓으로 드러내는
마음의 언어를 담아내는 일입니다.

두 사람의 침묵에 담긴 말까지
들을 수 있다면 좋겠어요.

51

사
랑
법
。

음악에 맞춰 거리낌 없이 춤을 추는 연인이나
이들을 무심히 비껴가는 사람들 모두 멋지더군요.
여긴, 파리니까요.

아름답게 늙어가는 삶에 대해,
오래되어도 낡지 않는 사랑법에 대해 듣고 싶었어요.

'정으로 사는 거야' 따위만 아니라면 뭐든지요.

빙그르 돌던 사내가 나와 눈이 마주치자
싱긋 웃으며 윙크로 답을 해왔습니다.
'별것 없어, 젊은 친구! 비 오면 같이 맞고 음악이 있으면 함께
춤추고 낯선 서로를 인정하면 된다고. 제일 중요한 건 인생을
즐길 줄 알아야지. 그렇지 않다면 난 당장에라도 죽고 말겠네.'

등.

곁에 사람들로 북적여도
마음 편히 등지고 앉을 수 없다면
소란스러운 무인도에 사는 것과 다를 바 없겠지요.

함께 살아간다는 건,
이렇듯 귀한 것을
서로에게 내어주는 일.

밤마다 잠든 당신의 등을 보며
나는 안도합니다.

오
래
된

부
부
。

다른 색을 좋아하고
다른 생각을 하고
다른 취향을 가졌고
다른 성격이고
다른 사람인 것이
확실합니다.

그 다름을 알면서도
같은 방향으로 함께 걸어가는 사람들도 있지요.

네 사람과 맞닥뜨린 순간,
모든 것이 천천히 흐르는
영화 속 한 장면을 보는 것만 같았습니다.

젊은이들의 기민한 뜀과 노인들의 신중한 걸음이
두 세대를 가름하는 듯했어요.

당신과 내가 그렇듯, 저들도 같은 시공간에 머물고 있지만
각자의 차원에 존재하고 있겠지요. 그러니, 누구나 망망한
우주에서 별이나 행성으로 살아가는 중이라고 말해도 될까요.

꽤 시간이 흐른 후에 늙어버린 서로를 볼 수 있다면 좋겠다는
말을 당신이 내게 한 적이 있어요. 그때는 육체가 아닌
마음으로만 서로를 사랑하고 바라볼 수 있을까 하면서요.

그때도 여전히 나보다 젊을 당신이 이 생각을
바꾸지 않으리란 보장은 없지만 어쩐지
벌써부터 그날이 기다려지네요.

"봉우리 두 개로 보이는 군요."
"아니요. 그건 쌍시옷을 기호학적으로 형상화한 겁니다."

마음으로 다가서지 않는다면 당신이나 나나
곁에 선 무관심한 대상에 불과하지요.
작가와 관객 사이도 그렇게 지극히 가까워지거나
한없이 멀어질 수 있습니다.

그러니 예술은, 일대일로 교감하는
사랑의 방식으로 대해야만 해요.

강렬한 사랑의 순간처럼 예민한 촉수로 내밀한 안쪽을
건드리지 않는다면, 예술이든 삶이든 겉만 뜨겁게 핥다가 마는
것이겠지요. 당신이 있어야 내 사랑이 성립되듯 예술도 사소한
것까지 보아주는 눈, 보이지 않는 것까지 읽으려는 마음이
필요하겠지요.

빙
글
빙
글
。

빙글빙글 돌아가는 레코드판을 보는 것만으로도 묘한 감정에
휩싸입니다. 지긋하게 반복되는 일상 같기도 하고, 궤도를 도는
별들의 신비한 운행을 목격하는 기분도 들고요. 좋아하는 당신
얼굴을 가만히 바라보고 있는 듯도 해요.

민
낯
의
시
간。

외출했다가 작업실로 돌아오면 형광등을 켜는 대신
은은하고 따스한 탁상 조명과 오일 램프만을 밝혀둡니다.

아련한 빛으로 가득한 나만의 공간에 머물러 있으면
소란스러운 감정도 소파에 묻힌 몸을 따라
고요에 기대어 스르르 사라집니다.

이 평온에 안도하듯 나는
즐겨 보는 잡지를 뒤적거리며
한낮의 몇 시간을 기쁘게 보내지요.

나를 행복하게 하는 시간은 주로 이렇게 찾아옵니다.
좋아하는 것들에 둘러싸여 생각과 감각이 민낯인 채로
제 모습을 드러낼 때.

당신과 내가 감춘 것 하나 없는 알몸으로
사랑을 나눌 때와 마찬가지로 말입니다.

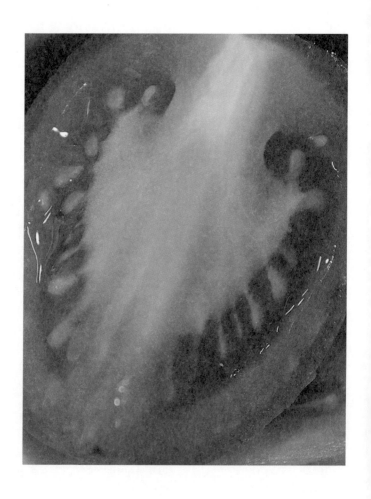

관
능
。

만날 때마다 안이 궁금하여
참지 못하고 기어이 당신을 벗깁니다.
당신은 내게 관능입니다.

숨겨도 어슴푸레 비치는,
어떡해도 숨길 수 없는 속살의 빛깔.

관능은 주머니를 뚫고 나오는
송곳 같아요. 느닷없이 달려들어 홀리고
급소를 찔러 상대를 무너뜨리는 황홀한 비수.

그런데, 내 주머니에는
뭉뚝한 브레드 나이프뿐이군요.

몸
을
맞
추
다.

기름때 찌든 어두컴컴한 곳에
한 평 집을 마련했어요.

슬프지 않아요. 언젠가 당신이 올 테니까요.

기다리는 건
당신의 몸이 아니라
당신과 몸을 맞대는 순간.

나사가 뭉개지지 않도록 힘을 주거나 빼듯
다친 마음을 다독이는 손길과 몸짓 없이는 우리는
한낱 서로를 필요로 하는 도구일 뿐.

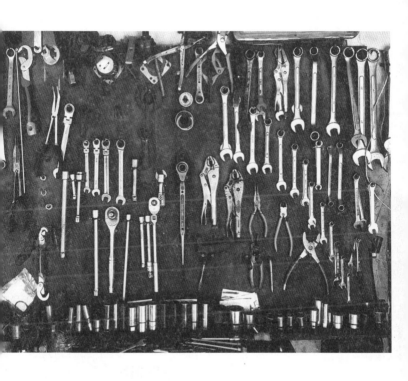

수
치
。

셰임^{Shame}, 수치라는 이름의 영화는 섹스 중독자가 겪는
복잡미묘한 심리와 감정의 변화를
적나라하게 보여줍니다.

성은 내게 수치를 느껴야 할 주제가 아닙니다.

수치란, 타인의 삶에 상처를 낼 때만
느낄 만한 속내니까요.

홀
리
다
。

일렁이는 필라멘트를 한참이나 들여다보았더니
어지럼이 몰려왔어요. 빛도 멀미를 일으키나 봐요.

전구에 달라붙은 채 죽어 있는 벌레도
빛 멀미에 저 꼴이 되었을까요?

멀미를 한다는 건 홀린 대상 앞에서
제 속을 고스란히 토해내어
내보이는 일인가 봅니다.

상대의 마음도 모르면서 제 사랑을
말하는 성급함처럼 말이지요.

저리 황홀한 빛에 이끌려 죽을 수 있다면
그리 무참한 일만은 아니겠어요.

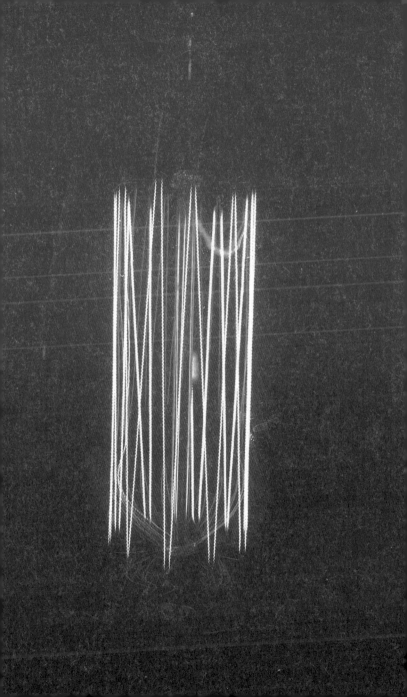

하
늘
정
원
。

하이힐 뒷굽 같은 마을이 품은 낡은 골목 사이로 걷다가
우연히 담벼락 너머를 보았어요. 아, 지붕 위 정원이라니요.
예상 밖의 풍경에 발길을 멈춥니다. 주인이 어찌나 살뜰히
보살폈는지 얼굴빛이 하나하나 곱습니다.

아슬아슬한 삶만큼이나
위태위태한 곳에 놓였지만
그 어떤 호사스러운 정원보다 황홀했지요.

이토록 위태로워서 아름답다고 착각하는 게 삶이고
사랑이던가요? 아름다운 색을 강조하려 어둡고 탁한 물감을
두껍게 칠하는 그림처럼 삶의 아름다움은 고통스러운 일상
위에만 그릴 수 있는 것일는지도 모르겠습니다. 어쩌면 당신의
고통은 삶을 빚는 가장 아름다운 물감일 수도 있겠어요.

못과 망치。

못만 아프겠어요?
망치도 아프겠지요.
못은 맞아서 아프고,
망치는 때려서 아픕니다.

아프지 않으려 가닿지 않으면
언제 못이 못다워지고
망치가 망치다워질까요?

아프지 않고서, 서로를 관통하지 않고서
당신이 사랑하는 이와 깊어질 마땅한 방법이
떠오르지가 않습니다.

짙
어
진

그
늘
。

당신이 내게 오면
앞이 밝아질 거라고,
멀리까지 갈 수 있을 거라고
믿었어요.

점점 흐릿해져요.
닦아도 닦아도 밝아지지 않는 얼굴.
내 몸에서 잠시 내려와
긴 다리를 펴고 곁에 누운
당신 몸을 물끄러미 바라봅니다.

당신과 나 사이에 드리워진 그늘이
한여름처럼 짙어지고 있었습니다.

날
개
없
는
추
락
。

달과
갈매기와
패러글라이딩.

당신과 만나던 날도 그랬습니다.
몸이 허공에 뜬 기분.

그러다 날개 없이 추락했지만요.

다
르
다.
。

잘 보세요.

함께하지만
둘이 확연히 다르다는 걸.

모양도 빛깔도 달라요.

그저
당신 어깨를 가만히 안을 수 있을 뿐,
가끔 서로에게 기댈 수 있을 뿐,
그 이상은 무리일 겁니다.

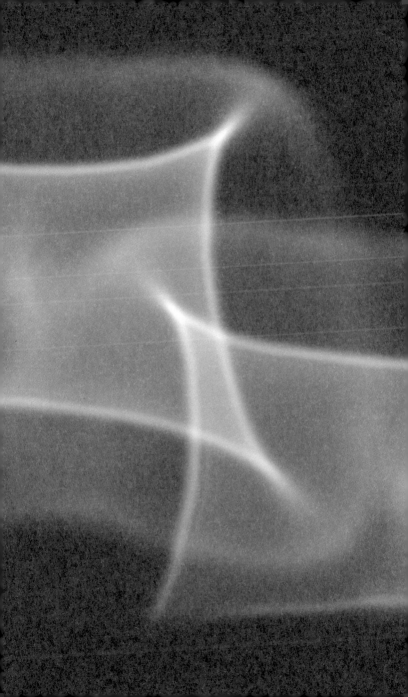

듣
다
。

당신이 말을 해요.

그 말에서
나의 말이 들려요.

당신의 말은
나의 말로
곧잘 둔갑해요.

언제쯤 당신의 말을 온전히 듣는
귀를 가질 수 있을까요?

냉
정
과

열
정
사
이
。

해변은 불타올랐지만 몰아닥친 삭풍에
파도와 나는 오한에 시달렸어요.

뜻밖의 추위를 생의 힘겨움에 견주는 진부한 물음은
느닷없이 얼음장 같은 바다로 뛰어든 당신으로 하여
목구멍에서 얼어붙고 말았습니다. 아일랜드에서 온 당신은
서해의 수온이 궁금하다며 그 호기심을 좇았지요.
나는 나뭇가지에 걸린 채 바람에 나부끼는 비닐처럼
오들거리며 지켜봤어요. 눈앞에 펼쳐진 생생한 현재를
탐닉하는 당신을.

사랑은, 지독하게 뜨거운 얼굴을 한 채
생을 가장 차가운 곳으로 밀어 넣는다는 걸
당신은 언제부터 알고 있었나요?

마
음
의

감
옥
。

마음도 몸처럼
꼼짝달싹도 못 하고
갇힐 수 있습니다.

오도 가도 못하는
마음의 감옥,

기다림.

그 끝에 이르러서는 모든 것이 희미해지겠죠.
다만, 당신이 그토록 원했던 욕망만이
짙은 그림자로 모습을 드러낼 뿐.

외면。

작고 등이 굽은 바이올리니스트가 거리에서 연주하고
있었어요. 선율은 아침 햇살만큼 화사하고 투명했습니다.
사람들이 무심히 스쳐 지나갔어요. 그이를 볼 여력도 없을
만큼 바빴을 겁니다. 그들의 걸음은 슬픔이나 연민이 스밀
시간조차도 허락되지 않은 듯 빨랐습니다.

관계에서는 이런 순간이 아프더군요.

곁에 있는 이에게서 외면받거나 관계가 허물어지는 걸
지켜볼 때 말이지요. 이보다 더 최악인 건 그 사실조차도
알지 못하거나, 내가 외면하는지 당신이 외면하는지도 모른
채 마주 보며 웃고 있다는 거예요. 외면도 반복하면 굳은살이
박이겠지요.

소리는 아련한 거리만큼 줄어들었고
화사하고 투명한 햇살도 더는
선율의 슬픔을 감추지 못했어요.
어느 순간, 연주가 뚝 하고 멈췄지만
그를 볼 자신이 없어 그대로 걸었습니다. 조금 더 빨리.

고
된
날
。

새는 나는 일이 고되고
사람은 사는 일이 고되지요.

허리가 뚝 끊길 만큼 더 고된 날도 있어요.
그런 날이면, 쏟아진 우유처럼 바닥에
흰 몸을 축 늘인 채로 하루를 뭉개고는 해요.
지겨워서 더는 못 하겠다 싶을 때까지.

사랑도 고된 날이 있지요.

서로에게 지칠 대로 지쳤고
둘만의 우물에서 길어 올릴 것도 바닥나
당신과 나의 우주가 천천히 회전을 멈추려 할 때,
당신과 나는 무엇을 더 할 수 있을까요.

그
림
자
。

그림자가 없었다면,
흥미롭지 않을 사진이지요.

별것 아닌 듯 사소해 보이는 뭔가가
없어서는 안 될 중요한 역할을 하기도 합니다.

예를 들어,
당신이 세상에 존재해야만 하는 이유라거나
누군가의 삶에 지대한 영향을 끼치고 있다는 말을
굳이 꺼내지 않아도 당신은 소중하니까요.

가끔은 그림자 같은 존재라도
괜찮겠다고 생각해요.

과
잉
。

한여름 정오의 바다는
과잉된 빛으로 눈이 멀 지경입니다.

사진을 찍어도 그 빛을 감당하지 못해 검게 질려버립니다.

과한 집착이 사랑을 위협하듯이
빛이 지나치게 밝거나 어두우면
외려 아무것도 보이질 않지요.

빛이 작열하는 바다를 눈살 찌푸리며 볼 바에야
파라솔이나 나무 그늘에 앉아 시원한 맥주나 마시겠어요.

꿈과 현실.

꿈과 현실이 있고,
그 사이에 당신이 삽니다.

현실을 등진 꿈,
꿈을 품지 않는 현실.
이것들이 서로를 그리워하지 않는다면
삶은 날개 한쪽을 잃고 퍼덕이는 슬픈 비행.
그러다 기어이 꿈은 바닥에 처박히고, 현실은 이마가 깨집니다.

이들이 스치듯 가깝지도 극히 멀지도 않아서
괴롭거나 외롭지 않았으면 좋겠어요. 하나 어렵겠지요.
꿈과 현실은 뜨거운 열대로 다가갔다가 차가운 극지로
달아나기를 반복하는 사랑처럼 중간은 없으니까요.

뜨겁지만 냉정하게, 격렬하지만 다정하게 꿈과 현실의 간격을
유지하며 사랑하도록 조율하는 건 당신 몫.

그리하여 어느 지대에 살든
당신만의 계절을 보낼 것.

99

실
루
엣
。

평소답지 않은 말이 끊어진 실처럼 무심결에 나오면 뜨끔해요.
고삐 풀린 본심이 뛰쳐나온 건 아닌지 곱씹게 되지요. 감정을
내보이기보다는 감추는 데 능숙한 삶을 사는 듯싶어 달갑지가
않아요. 타인에게 어떻게 보일까 걱정하는 심약한 인간이라도
된 듯하거든요.

바닥이나 벽에 비친 내 모습이 보기에 괜찮아요. 잘생겼는지
못생겼는지, 젊은지 늙었는지 알 수 없는 어슴푸레한 윤곽이
괜한 자신감을 불어넣어요. 하지만 녀석이 멋지게만 보이는 건
싫어요. 실루엣만 찍어대다가 실제인 나를 부정하게 될까 봐
두렵거든요.

나르키소스처럼 자신을 사랑하는 벌이라도 받는 걸까요?
고백하자면, 모든 종류의 과도함을 응징하는 네메시스에게서
벌을 받을 만큼 누군가를 아프게 한 일이 차고 넘쳐요. 상처를
준 내게도 어느 틈에 상처가 수북하지만요.

타인을 제대로 사랑하지 못할 바에야 나부터 사랑하는 법을
다시 배워야겠지요. 실체도 없는 것을 좇다가 그 그림자 앞에
무릎을 꿇는 일이 사랑이 아니길 바라면서요.

그
저
어
긋
났
을
뿐.

각기 다른 꿈을 꾸고 있거나
같을 걸 보며 다른 환영에 갇혀 있거나.

누구 잘못도 아닙니다.
그저 어긋났을 뿐.

싱
글
과

커
플
。

혼자거나
둘이거나
아무렴 어때요.

혼자여서 당당하고,
둘이어서 든든한 걸요.

둘이 되려고
안달복달하지도,
하나 되려고
몸부림치지도 말아요.

원치 않아도 누구나
혼자가 될 테니까요.

빛
과

어
둠
。

불을 켜자 빛과 어둠이
공간을 캔버스 삼아 그림을 그립니다.

빛의 방향이 바뀌고,
공간의 형태가 달라지면
그림도 시시각각으로 변화합니다.

전원 스위치를 내리자
빛을 잃은 공간이 어둠에 휩싸입니다.

인생도 삶 속에 깃든 빛과 어둠으로
그려내는 한 폭의 그림이겠지요.

인생의 절반쯤, 아니 얼마쯤은 이렇듯 어둡겠지요.
그 빛이 내게 있기나 한지, 있다면 어떻게 끌어와야 할지
모르겠어서 괜히 스위치만 몇 번 올렸다 내렸다 하다가
돌아섭니다. 촛불이라도 하나 켜둘 걸 그랬나 아쉬워하면서요.

사 랑 의 자 리 。

세상에서 가장 먼 곳은
지척에 있으면서도
갈 수 없는

불허의
사이.

당신은 거기 있고
나는 여기 있어요.

그 사이에
붉은 열망이 피어났다가 시들고
푸른 그리움만이 무성히 돋아납니다.

사랑이 피었다 지고,
충만과 상실이 자리바꿈하며
소란히 뒤척이는 곳.
모든 사랑의 자리가 그러합니다.

시
선
이

머
무
는
。

누군가 사진이 무엇이냐 물었고,
마음을 목격하는 일이라 답했어요.
그게 사진의 시작이자 전부니까요. 관심 없는 목격은
스치듯 지나가버린 바람처럼 기억되지 않겠지요.

관심이 있어야 시선도 따라 움직인다는 걸
사랑을 하며 알았어요.

물러진 마음에 눈은 갈 곳을 잃어 허둥거리고
홀연 이별의 기색이 먹장구름처럼 몰려오지요.

이별이란
수명 다한 사랑을 폐기하고,
더는 바라보지 않겠다는 쌍방 합의.

당신의 따가운 눈총만 받는다 해도
눈을 떼지 않겠어요.
아직, 당신이 좋으니까요.

반
복
。

작년에 올라봤으면서
또 오르고 있네요.

한심하다 싶으면서도
되풀이하듯 당신에게로 향하는
나와 닮은 듯하여
애잔함을 지울 길이 없어요.

식물이나 인간이나
집요한 구석이 있습니다.

그 집요함이 우리를 살게 하지만요.

바
람
이 분
다
。

기다리던 바람이 불어오면
외로운 밤들과
슬픈 나날들,
전하지 못한 지친 말들이
멀리 있는 당신에게도 전해질까요?

가벼워지지 않고선
먼 곳에 이를 수 없다는 듯
민들레 홀씨는 미풍에
고개를 끄덕여 보입니다.

바람이 불어왔습니다.
가벼운 것들은 몸을 떨었고
나는 흔들리듯 당신을 생각했습니다.

바람에 당신이 실려오기라도 한 듯이.

기
록.

우연히 빈 종이컵을
들여다보았어요.

조금쯤 남아 있던 커피가
가장자리에서 안쪽으로 마른 흔적이
촘촘한 등고선으로 그려져 있더군요.

모든 사라짐은 어떤 식으로든
기록되는구나 싶었습니다.

우리의 그날들은 어떤 모습으로 남아 있을까요?

기
억
。

당신을 본 눈,
당신을 맡은 코,
당신을 말한 입,
당신을 들은 귀.

잊히지 않는 것들이 있어요.
당신 자신이 아닌 당신을 둘러쌌던 몇 가지.

그것으로 나는 당신을 기억합니다. 기억은,
내게서 사라진, 이미 몸으로부터 떨어져 나간 사랑에게 보내는
마지막 애도입니다. 그렇기에 애도는 기억과 망각에 관한
확인의 행위가 아니라 당신이 내 곁에 있었음에 대한 감사의
몸짓에 가깝습니다.

어떤 향기는 내게 당신입니다. 아직까지는.

회
전
목
마
。

한 번도 타보지 못한 회전목마이지만 아쉽지 않아요.
이미 생이라는 회전목마에 올라타 있으니까요.

돌고 도는 회전목마와 인생이 다른 건
하나는 반복이고, 다른 하나는 반복인 듯
반복이 아니라는 것.

가끔씩 삶에서 현기증이 나는 까닭을
알 것도 같습니다.
당신도 종종 어지럼을 느끼나요?

다가오는 것들

다리는 관광객으로 번잡했고 강물은 탁했어요.
마음은 종일 어수선했고 흙빛이었죠.

답답해서 하늘로 시선을 올렸고, 고대 영국 여왕이었던
부디카 Boudicca 동상을 향해 날아오는 비행기를 보자 홀연 당신이
떠올랐어요. 눈을 감았어요.

저 비행기에 당신이 탔을지도 모른다는 상상이 펼쳐졌어요.
나를 떠나 어딘가로 가는 중이라고, 그게 아니면 나를 따라
이곳으로 오는 중일 거라고. 당신을 떠올리게 된 것도 당신이
나를 생각하고 있기 때문이라는 상상은 가정을, 가정은 또
다른 상상으로 이어졌어요.

걸음을 붙드는 노래처럼,
눈을 감게 하는 바람처럼 슬쩍 다가와
한 사람의 영혼을 뒤흔들어버리는 것이 당신에게도 있나요?

눈을 뜨자 비행기는 사라졌고 부디카의 창만이 빈 하늘을
가리키고 있었어요. 상상과 가정은 빈 껍질뿐이라는 신탁처럼.

거울
속
거울
。

다가갈 수 없는 존재에 마음이 가요.
어째서 멀리 있는, 가까이 할 수 없는
낯선 것에 끌리는 걸까요.

낯선 자신이 내면에 여럿 존재함을
당신이나 나나 받아들여야 해요.
그것이야말로 자신의 진정한 가치일지 모르니까요.

흰빛이 프리즘을 통해서만 다채로운 제 빛깔을 드러내듯
우리 내면을 보려면 마음의 프리즘을 통하지 않고서는
방법이 없겠지요.

여자가 사라지고 빈 거울만 남자 놓쳐버린 사랑이
떠올랐습니다. 애써 억누르고 감추었던 감정은 언제고
고개를 쳐들 거라는 걸 증명이라도 하듯이요.

고
요
한
침
묵
。

숨이 막혔어요, 바다의 고요에.

그런 바다와 마주 서 있자니 문득, 이별을 말하려 숨을
가다듬으며 몇 초쯤 침묵하던 당신이 떠올랐어요.

나는 쏟아져 나올 말보다 어서 이 상황이 끝났으면 하고
기다리고 있었지요. 당신이 내게 건네는 최후의 토로인
이별 통보를 재촉하고 있었던 겁니다. 어서 끝내고 돌아서자
다짐하면서도 당신은 말이 목구멍에 턱 하고 걸려서 어쩔 수
없이 한참을 침묵했지요. 짧았지만 한없이 길게만 느껴졌던
그때의 시간이 멈추지 않고 지금껏 흐르고 있었다는 걸
이제서야 눈치챘습니다.

바다는 내게서 당신이, 당신에게서 내가 잊혔을 뿐 둘의
시간은 어딘가로 흐르고 있다는 걸 침묵으로 말하고 있었어요.
그 고요함에 지난날의 숱한 소란과 고백과 다짐들은
한없이 가벼운 것이 되고 말았습니다.

오
묘
한
。

유리창에 성에가 낄 만큼 몹시 추운 날 저녁,
자동차 브레이크등 불빛이 창을 타고 침범합니다.

오렌지에서 레드블랙으로 향하는
오묘한 색의 변화.

설명하기 어려운 인상적인 이 색도
내게 하나의 취향이 됩니다.
예상치 못한 순간에 홀연히 등장해
정리해놓은 카메라를 꺼내게 하지만 어쩐지 귀찮지가 않아요.

오묘한 것들은 판타지처럼
미스터리한 방식으로
저를 드러냈다가 잠적하기도 해요.

삶의 심층부에 화석처럼 각인된
짧고도 강렬했던 사랑의 순간처럼.

블
루
。

파랑이란 말과
블루라는 말은
다릅니다.

결코, 같을 수가 없습니다.

단어 그 자체의 다름과
뉘앙스의 차이를 넘어서는
각자의 감정을 품고 있어서 그렇습니다.

지금 보고 있는 건
파랑이 아니라
블루입니다.

정확하게는 '우울한 저녁의 블루'라고 명명하겠습니다.

비
오
는
날.

신비로운 것들이
방문하는 날.

이유 없이 흔들리고
흘러가는 상념의 기원.

사
랑
후
에
남
는
것
들
。

아깝고 안타까웠습니다.

붉었던 마음이 문드러지고
탐닉했던 몸이 시시하게 느껴지는
물러진 사랑과 마주한 듯했습니다.

과육은 썩고 시들어도
씨앗만은 남았으면 싶었어요.

사랑 후에는,
변해버린 사랑은
어디로 돌아가는 걸까요?

무엇을 남긴 채.

한
줌
。

별이 드는 비상구 계단 귀퉁이에 놓인
철쭉 한 그루에서 떨어진 꽃을 전부 모아봤어요.

떨어지면 줍고,
시들면 따고 하면서요.

피었을 적에는
그토록 풍성해 보였던 꽃이
쥐어보니 딱 한 줌입니다.

꽃이든, 사람이든
질 때는 한없이 가벼워지나 봅니다.

깨
지
다
。

깨지면서 배우는 거라고
모두들 입을 모았지요.

부서지고도 다시 하나 되는
파도처럼 힘을 내라고도 했지요.

사랑은 한 번 깨지면
그걸로 끝이던 걸요.
발로 밟혀 구겨진 페트병처럼
폐기되고 말던 걸요.

못
난

위
안
。

다이어 스트레이츠^{Dire Straits}의 앨범 커버를 볼 때마다
에드워드 호퍼의 그림이 떠올랐어요.

그는 무채색에 가까운 정적인 공간에 인물을 등장시켜
내면에 깃든 고독과 상실감, 단절 등의 감정을 표정이나 움직임,
공간과 직조시키듯 무덤덤하게 그려냅니다.

앨범 커버 속 여인의 몸짓을 바라보다가 마음 한편이
덜컥했어요. 타인이 품고 있는 아프고 고독한 정서가 외려
나를 위로하고 있었거든요.
나만 아프지 않다는 안도감,
떠난 당신도 여전히 아플 거라는 못난 위안.

얼
키
설
키
。

삶의 모습을 설명하는
적합한 단어가 있다면 그건,

얼키설키.

사람,
일,
감정까지
얽히고설켜서
엎치락뒤치락
이 꼴 저 꼴.

실
수
。

무얼 찾고 있나요?

잃어버려도 그만인 책들만 거리에 진열하잖아요.
귀하고 비싼 책은 주인 머리맡에 두던 걸요.

소중한 건,
비밀스러운 건
무척 가까이에 있다고요?

그때는 몰랐고, 지금은 안다는 것이
당신과 나의 실수일 테지요.

가면.

당신 앞에서
나는

어떤 가면을
하나씩 꺼내어
쓰고 다녔나 세어봅니다.

화나지 않은 척,
태연한 척,
상관없는 척,
괜찮은 척,
잘난 척.

그걸 아무렇지도 않게
척척 쓰고 다녔지요.

조금 더 솔직했더라면
가면 없이 당신 얼굴을 조금 더 볼 수 있었을까요.

해
변
의
 밤
을
 기
 다
 리
 며
。

태양이 작열하는 한낮.

형형색색 전구를 보는 순간,
불 켜진 해변의 밤이 보고 싶었어요.
그럼에도 예정대로 십 킬로미터에 이르는
절벽길을 걸었습니다.

머물고 싶으면서도 정해진 일정을
기계적으로 따랐던 지난 여행의 날들처럼
끝을 보지 못한 시도와 꿈과 사랑이
걷는 내내 아쉬운 얼굴로 따라다니더군요.

수동적인 선택이 반복된다면 당도할 곳은 언제나 중간
어디쯤인 어정쩡하고 애매한 곳이겠지요. 밤이 깊어지기도
전에 퍽 하고 나가버린 전구처럼 캄캄한 해변의 밤만이 삶을
여행 중인 나를 맞이하겠지요. 당신을 잃고서 후회와 한숨으로
지새웠던 밤처럼 어둡고 길겠지요.

선
명
과
모
호
사
이
。

화려한 도시 야경에 피로감을 느낄 때면
초점을 맞추지 않고 사진을 찍어요.
카메라를 생판 모르는 사람처럼 말이죠.

형태를 잃고 뭉개진 풍경은
생소하지만 신비로운 말을 들려줘요.

정확히 맞추려 애썼던 예전과 달리 이제는 정교함에서
멀어지려 애써요. 옳음과 그름의 경계가 선명해질수록
믿음은 모래 위에 쌓은 성처럼 허물어지고 모든 것들이 차츰
모호해지니까요. 순응하던 삶의 방식과 태도도 흩트리고
무너뜨려야 눈을 가렸던 막이 걷히겠지요.

아는 것에 가려진 모르는 것들이 외려
당신이 머리맡에서 들려주던 비밀스러운 말처럼
가슴 뛰게 한다는 걸 이제야 어슴푸레 알겠어요.

거
리
。

가까이서
혹은
멀리서.

그 사소한 거리의 차이로
보는 것이 달라집니다.

그러니
한 지점에서 보고
다른 그림으로
건너뛰는 건
분명 실수입니다.

당신을 충분히 알지 못한 채로
사랑하고 이별했듯이요.

153

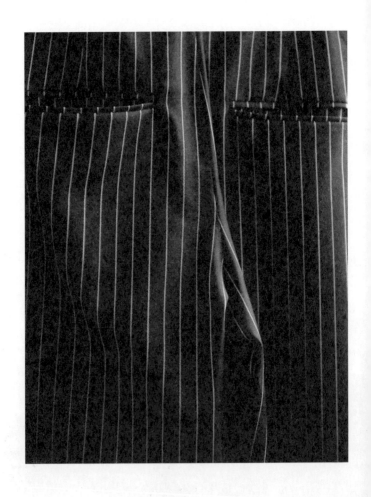

표
정
。

한 사람의 표정이 그가 살아온 내력이고 감정의 빛깔이라면
나의 무채색 표정도 그리 빚어진 것이겠지요. 그렇게 표정은
한 사람이 품은 취약성을 가감 없이 드러냅니다.

환하게 웃는 사람이
나는 부럽습니다.

익살스럽거나 흥미로운 사물의 표정을
기록하는 습관도 그런 이유로 생긴 듯하고요.
가지지 못한, 어떻게 해도 가질 수 없는
표정에 관한 집착이겠지요.

식물이 햇살을 많이 받을 수 있는 방향으로 자라듯
욕망도 언제나 취약한 걸 채우는 쪽으로 기우는가 봅니다.
나의 진지함과 무표정까지 사랑한 당신에게는 미안한
일이지만요.

내
게
눈
이

있
을
때
.

전주 동물원에 들렀다가
처음으로 기린을 가까이서 보았어요.

초식동물 특유의 순한 눈빛,
희미하게 웃는 낙타를 닮은 입,
쓰임새를 알 수 없는 뿔 한 쌍,
좌우로 펼쳐진 귀,
목 디스크에 걸릴 듯한 기다란 목.
기린이 이렇게 생겼구나 싶더군요.

좋아하거나 사랑하지 않아도 누군가를 찬찬히,
충분히 바라보면 겉모습 말고도 알 수 있는 게 많은 듯합니다.

당신이 떠나기 전에 온전히 보지 못한 것을
눈을 잃은 삼손이 데릴라에게 던진 말처럼 나는 후회합니다.

"내게 눈이 있을 때, 당신을 제대로 보지 않았어."

개
와
늑
대
의
시
간
。

서쪽으로 태양이 떨어지고 남쪽으로 새 떼가 떠나갑니다.
몇 번이나 더 떨어지고 솟아야 지루한 반복이 끝날까요,
얼마나 더 날갯짓해야 마침내 목적지에 다다르게 될까요?
새들이 어둠 속에서도 길을 잃지 않는 건 그 무엇에도 한눈을
팔지 않는 날갯짓에 제 전부를 거는 까닭이겠지요.

가는 길이 믿기지 않아
나는 두리번거리기 일쑤였어요.
막막함에 갈팡질팡했고 자주 길을 잃었지요.

이런 순간은, 절벽 같은 어둠 속이 아니라 보일 듯 말 듯
어스름한 시각에 찾아왔습니다. 낮과 밤이 뒤섞이는 시간이
가장 희미하고 아득해 보이듯 익숙함에 마음을 놓았을 때
예상치 못한 일이 덮쳐 왔지요. 마치, 당신이 내게 보내온
이별의 징후들을 무시하고 방치하자 결국 이별이 도래했듯이
최악의 순간은 불쑥 방문하곤 했어요.

불
가
능
한　화
해
。

영원히 화해할 수 없는
감정이라는 것도 있겠지요.

단단한 벽과 마주 선 듯
답답한 생을 보내야겠지요.
일그러진 사랑으로 인해 멀어진 건
당신과 나의 몸이 아니라

부서진 마음.

그저 무릎을 굽히고 앉아
사방으로 흩어진 조각들을 같이 줍는 것,
그것이 내가 할 수 있는 전부입니다.

기
다
림
。

마당에 쇠뜨기가 지천인 여름.
맹렬한 생명력 곁에 외롭게 선 눈삽.

눈과 한 계절을 뜨겁게 보내길 기다리는
그의 다리가 퍼렇게 멍이 들었어요.

그러니까,
기다림은 스스로
멍드는 일.

무
게
。

다 탄 연탄은
홀가분한 듯 가볍군요.

저를 태워서 누군가를 데우느라 수척해졌지만
어둡던 얼굴은 환해졌습니다.

가볍기만 한 눈이
연탄재와 고양이의 무게를
고스란히 받아냈듯

가벼운 마음으로
무거운 삶을
견뎌야겠다고 다짐하듯
셔터를 깊숙이 꾸욱 눌렀습니다.

사진이 흔들리고 말았어요.

다시, 셔터를 눌렀습니다.
가볍게 코옥.

좋은
사
람
。

덩그러니 놓인 조니 캐시 Johnny Cash 음반을 보자
영화 '이보다 더 좋을 수 없다' 속 대사가 떠올랐어요.

"당신은 내가 더 좋은 사람이 되고 싶도록 만들어요."

누군가를 사랑하여 더 좋은 사람이 되기도 하듯,
음악이 누군가를 더 좋은 사람으로 바꿀지도 모르겠어요.

혹여 음악이 당신을
좋은 사람으로 만들지 못하더라도
당신 곁에 머물면서 잠시라도
불행과 아픔과 상실과 슬픔과 덧없음을 잊게 하기를.

그것마저도 사치라면,
리듬에 몸을 맡겨 춤추도록 부추겨주기를.

완
전
과
불
완
전
。
.

향에 불을 살랐어요.
연기가 피어오르고 향이 퍼집니다.

스르르 사르르 감미로운 몸짓으로 어딘가로 흐르는
백옥 같은 연기가 꽉 막힌 듯한 공간에도
길과 흐름이 있다는 걸 보여줍니다.

저리도 완전하게 저를 태우며 사라지는 향을 보니
내 생의 방정식이 옳은 건가 하는 의문이 파문처럼 번집니다.

그런데, 연기는 완전함이 아니라
불완전함에 대한 증거가 아니던가요?

불완전해도 향기로울 수 있으니 완전해지려
죽도록 애쓰지 않아도 되겠어요.

빈
자
리
。

여름 내내 앞마당을 제집처럼 찾아와 쉬던 고양이가
있었습니다. 신경 쓰이고 성가셔서 다른 곳으로 가버렸으면
했는데 선선한 가을이 되니 도통 보이질 않습니다. 하루,
이틀 그리고 가을이 깊어졌습니다. 이제는 걱정도 되고
섭섭하기까지 합니다.

관계의 등식은 늘 이런 식입니다.
사라진 후에야 뒤늦은 후회와 미안한 감정이 몰려옵니다.

이별 후에 슬픔에 빠지는 건
함께일 때 빈자리를 보지 못한 까닭이고,
이별 후에도 슬프지 않은 건
그전에 이미 빈자리를 봐버렸기 때문이겠지요.

내년 여름, 녀석이 다시 돌아올까요?
그때도 녀석이 지금처럼 좋을까요?

버
티
다
。

꽝꽝 얼었던 얼음이
살살 녹고 있군요.

잘 버텼다, 응원하고 싶네요.

버틴다는 건,
당장에 끝나지 않는다는 걸 아는 일이고,
얼마간 그 속에서 더 견디겠다는 의지입니다.

결과를 장담할 수 없는 게 삶이라지만
당신과 나, 잘 버티기로 해요.

선
택
.

어느 쪽이 좋은가요?
한철 피고 지는 꽃, 사철 푸른 나무.

당신, 고민하고 있나요?

너무 깊이 생각하지 말아요.
어느 걸 택해도 당신은 최고의 선택을 한 겁니다.
믿기지 않을 테지만 사실이에요.

죽을 듯이 아팠어도
지난 사랑이 그 시절 최고의 사랑이었듯이.

최후의 미스터리는 바로 우리
자신이지. 우리가 아무리 저울로
태양의 무게를 달고, 달의 이동 거리를
재고, 별을 전부 세어 일곱 하늘의
지도를 완성하더라도, 우리 자신은
여전히 미스터리로 남지.
그 누가 자기 영혼의 궤도를
측정할 수 있겠어.

오스카 와일드
Oscar Wilde
1854 ~ 1900

낯선 당신 가까이로

초판 1쇄 인쇄	2017년 8월 14일
초판 1쇄 발행	2017년 8월 21일

글 · 사진	김기연
펴낸이	정상준
편집	이경준 김민채 황유정
디자인	김기연
관리	김정숙

펴낸곳	그책
출판등록	2008년 7월 2일 제322-22008-000143호
주소	서울시 마포구 동교로13길 34 (04003)
전화번호	02-333-3705
팩스	02-333-3745
페이스북	facebook.com/thatbook.kr
인스타그램	instagram.com/that_book

ISBN 979-11-87928-19-5 03810

그책은 (주)오픈하우스의 문학·예술 브랜드입니다.